COLLECTION FOLIO

Michel Quint

Et mon mal est délicieux

Gallimard

Michel Quint est né en 1949. Il a publié une vingtaine d'ouvrages (romans noirs et nouvelles). Il a reçu le Grand Prix de la littérature policière en 1989.

Effroyables jardins a été adapté au cinéma en 2003 par Jean Becker, avec Thierry Lhermitte, Jacques Villeret, André Dussollier et Benoît Magimel.

Aimer à peine, le deuxième volet d'*Effroyables jardins*, a paru en 2002 aux Éditions Joëlle Losfeld.

Pour Brigitte, en filigrane de mes pages pendant longtemps, et qui fait désormais se lever chaque jour vécu ensemble, d'un baiser.

Oui je veux vous aimer, mais vous aimer à peine
Et mon mal est délicieux

Guillaume APOLLINAIRE, *Marie*

Puissent les proches de Gérard Philipe, parents et amis, ne pas s'offusquer des lignes qui suivent, elles ne sont qu'une fiction en hommage à la légende, un ajout au mythe.

C'est le bord de l'été. L'ancien monastère de la Chartreuse, à Villeneuve, à peine séparé d'Avignon par le Rhône, pète de soleil. Restauré depuis peu, l'ensemble du monument est devenu un centre de spectacles et une résidence d'écrivains. J'en suis un, paraît-il... Obscur, débutant, à machiner mes premières répliques de théâtre et traîner ma première après-dîner ici. Je viens de sauter le pas : abandonner une carrière bancale de prof de lettres, le blabla décharné sur *Le Cid,* entre autres, à des mômes arrogants réclamant du cul plutôt que la chair des mots, et une damoiselle possessive, prof pareil, soucieuse de son avancement. Possible qu'en traversant le jardin du petit cloître j'aie eu une remontée de sentiment plouc. J'ai cueilli une fleur de jasmin ! Connement, j'ai embrassé cette fleur. Et juste comme je me la mettais à la boutonnière de chemise, un vieil homme est arrivé derrière moi et, tout à trac :

« Chimène folle amoureuse de Rodrigue, j'aurais pas parié trois sous dessus ! Sa peau bise de gitane adolescente aux trouées de sa robe trop grande pour elle, trop lâche du décolleté, ses manières de dévoyée, jamais coiffée, nu-pieds, brûlante et belle, belle, noiraude à zyeux bleus, rien ne collait avec mes tenues à l'amidon, mes dégaines de grand cul. On n'était pas du même monde. Mais j'aurais donné tous mes univers de gosse de riche pour qu'elle m'ouvre son pauvre enfer. Chimène des bas-fonds, Rodrigue des beaux quartiers.

Non, personne n'aurait mis deux ronds sur notre rencontre.

Pourtant, je vous jure, monsieur, chaque soir, Max Klein, le fils du président de la cour d'assises, et Luz, la gamine de chiffonniers, se faisaient face à deux pas d'ici, au milieu des décombres du monastère, grimpés sur les gravats de l'ancien réfectoire pontifical d'Innocent VI, effondré à ciel ouvert... Le tinel que vous connaissez sûrement, monsieur... ? c'est devenu un théâtre, là-derrière... ! À l'époque, on ne doutait pas des lendemains... Et chaque soir on se rejouait l'éternelle histoire des amours maudites de Chimène et Rodrigue... À la façon particulière de Luz... Après dîner, elle m'attendait dans les ombres de lune, j'accourais de la villa d'été de mes parents, "Les mûriers", plus haut, vers Bellevue. Je ne vivais que pour ce moment, elle, je sais pas... Juste se toiser, le temps que le cœur s'apaise, entendre l'écho des femmes en conversation sous les voûtes du petit cloître, le nez plein des odeurs de poussière déplacée par la journée, de pierre réchauffée et d'herbes folles. Luz, tu disais : "Rodrigue en ma maison ! Rodrigue devant moi !" D'une voix de douloureuse extase. Et la cruelle cérémonie commençait ! Luz... »

Sauf qu'il tient plus la réplique, papy Rodrigue... Il va s'asseoir à l'ombre, sur la banquette de pierre qui borde la galerie du colloque. Il a quoi ? Pas loin de quatre-vingts. Sec, grand aux belles mains, le poil blanc et ras, toute sa figure mangée par un nez à l'antique, fort et un peu de traviole, un tarin de patricien véreux dans les péplums. D'une élégance froissée, en complet de lin écru et chemise blanche, col ouvert. Accoté à une arcade, il respire court, les yeux perdus au jasmin sous lequel il a commencé à me parler.

Peut-être d'avoir laissé sa mémoire filer d'un coup, sans reprendre haleine, la flamme mise à évoquer les comédies de ses vertes amours, ça l'a épuisé mon vieux monsieur... Ou bien de s'être décorseté à l'impudique devant un étranger, il regrette, se sent péteux. Ou bien la canicule lui cogne le crâne... Non, c'est cette Luz, qu'elle soit revenue si poignante au cœur, au point qu'il lui adresse la parole, il en a perdu un instant l'équilibre. Soyons honnêtes : jeune, même pas trop craquant, il avait sa chance, mais aujourd'hui, si Chimène cherche à se ranimer la passion, un pareil Rodrigue à la retraite, ça ne vous déclenche pas la catharsis, le transport d'admiration ! Oui, j'ai eu, vite, ces pensées de cynique, pourtant, je suis aussi embarrassé que lui, qu'il se soit ainsi mis nu devant moi, et assez ému, merde oui, qu'il se soit livré si profond. À moi dont il ne sait même pas le nom.

Sa voix rayée, la salive ravalée à contretemps, ses mains qui agrippent l'air, le caressent, ses bras qui se croisent sur sa poitrine comme pour y serrer une ombre, j'ai bien senti qu'il ne me la faisait pas à l'ancien combattant faraud, en tournée de médaille sur les lieux d'exploits fanés. Je m'assieds à côté de lui et j'attends. Il serait indécent de lui demander la suite. Qu'il décide seul si j'en suis digne. Et puis *Le Cid* version west side, j'en redemande ! Alors, on reste ainsi je ne sais pas combien, jusqu'au jour plus bas, qu'il répète « Luz », sur le souffle, et qu'il tourne la tête, comme si elle sortait de l'ancienne salle du chapitre. Même si je le laisse seul, il ira au bout. Je sais aussi que l'ombre de Luz l'accompagne désormais. Il lui parle enfin, autant qu'à moi qui ne suis rien que cette ombre silencieuse. Et terrifié, sidéré...

« ... On se poursuivait au déambulatoire, elle coupait par le cloître des Morts... Des chèvres y broutaient... Elle prenait à travers tout le rebut entreposé par sa famille de ferrailleurs sur les tombes effacées des moines, enfilait le sentier de charrettes qui éventrait la chapelle aux Fresques... Et puis elle fuyait jusqu'à la fontaine Saint-Jean. Chaque soir, là, sous le dôme du bassin octogonal, réfugiée aux margelles, Chimène pleurait son amour impossible à Rodrigue. Elle ne connaissait, ne voulait que cette pièce : *Le Cid*, tragi-comédie de Pierre Corneille. Allez l'en faire démordre ! Agnès, Araminte, les amantes bouleversées de passion, même le vaudeville et ses petites bourgeoises travaillées du désir, mes toutes fraîches éruditions de théâtre, j'avais essayé de lui varier le programme, je rapportais les brochures à lire ensemble, qu'on en finisse des sentiments interdits et qu'elle s'abandonne à mes tendres maladresses, mais bernique, elle balançait les livres aux ordures et se butait aux noces sanglantes. Et platoniques ! Si je l'avais rien qu'effleurée, Chimène m'aurait ouvert la poitrine à belles dents et dévoré le foie ! Faut dire, c'était pas le style Comédie-Française, croyez-moi, le texte au rasoir et la belle diction... ! Elle s'inventait des représentations au décrochez-moi-ça. À son image de mal nippée. Deux-trois vers de Corneille, le reste rapiécé, retaillé à ses mesures, à rimes décousues, une langue déchirée de colère, massacrée de chagrin, révoltée. Je suivais de mon mieux ses improvisations et elle me griffait le dos des mains d'être aussi mièvre, poli dans la réplique, de pas oser l'invective et la haine. T'as tué mon père parce qu'il avait offensé le tien, c'est dans l'ordre, mais après ça tu crois pas que tu vas m'avoir avec des ronds de jambe ? Faut me gagner dans le danger, l'arme au poing... ! Décidément, j'étais qu'un Rodrigue de rien, pas de sang, pas de chair, à peine une doublure, j'avais de la chance d'être le seul, qu'elle ait personne sous la main, et surtout pas un vrai comédien qui lui donne la réplique pour de vrai... ! Sinon, j'aurais pu aller me rhabiller ! J'en tremblais.

Non, Chimène amoureuse folle de Rodrigue, à part au théâtre, c'était pas dans la poche... »

Un instant il se tait, soupire, et retrouve des manières de gentleman very sorry :

« Pardonnez-moi, monsieur, je suis là, à vider mon sac devant un inconnu que j'importune... Déballer mes souvenirs bon marché, je vous fais l'effet d'un vieux dérangé, non... ? C'est ce jasmin, comprenez, cette fleur que... Mais je vous ennuie... Vous visitez les lieux... ?

— J'habite ici quelque temps... En fait, j'essaie de devenir écrivain... »

Ce que je n'aurais pas dû dire. Ou qu'il guettait depuis perpète. Il a un raidissement, une sorte de deuxième souffle lui vient :

« Écrivain... Si j'osais... Et puis tant pis, vous m'écoutez, c'est un fait, n'est-ce pas ? Alors, maintenant que je me suis déboutonné... »

Même pas utile que j'aie un geste poli, d'autorité il me rouvre sa vie en grand, et je sens que j'oublie toutes mes littératures bien élevées, mes imaginaires.

« ... Comment c'était venu, ces rendez-vous d'amants improbables ? Avec les débuts de guerre en 40, la pagaille de la débâcle, dès fin mai, mes parents avaient pris leurs quartiers d'été et mes vacances avaient commencé tôt. Je traînais mes journées en promenades désœuvrées. Il me semble qu'un soir j'ai poursuivi un chaton roux. Et voilà, par la cour des Femmes, le logis du prieur, j'ai pénétré dans la Chartreuse où papa m'avait défendu d'entrer. Luz était appuyée au mur demi-démoli du tinel et, pour la première fois, elle m'a lancé le fameux vers de l'acte III scène 4... Et j'étais foutu, condamné à désobéir à mon père. Attention, monsieur, aujourd'hui vous ne pouvez pas vous figurer, mais, à ces époques de juste avant-guerre, la Chartreuse était le fantôme du monument que vous visitez cette après-midi, tout restauré, avec des odeurs de culture pour intellectuels et théâtre chic... Non, tous les bâtiments du monastère, la Révolution française les avait vendus en lots à des particuliers, une fois les moines expulsés. Et de petits propriétaires en occupants sans le sou, c'était devenu une cour des miracles au cœur de Villeneuve, tout le bazar religieux transformé en habitations, en granges, en resserres, des familles morveuses entassées aux anciennes cellules des chartreux, des échoppes de petits métiers envahissant les vestibules, l'église, les pierres revendues aux maçons du coin, de la ruine et du branlant partout, tout le sacré du lieu foulé aux pieds. Souvent, monsieur, par canicule, ça puait, fort, les cabinets... Même, il se disait que des criminels s'y cachaient, que des bandes de romanos y entassaient le produit de leurs vols. Comme par exemple les proches de Luz, ses incertains cousins, oncles, belles-sœurs... Une zone de non-droit... La racaille en son royaume... Papa avait cette expression... S'il avait su mes soirées... ! Et ma dulcinée... ! Luz vivait en orpheline dans sa tribu, sans comptes à rendre à personne. De son mieux, une jeune tante déjà veuve s'occupait d'elle. Amparo... Elles habitaient là-bas, vers le fond du cloître, dans une ancienne cellule... *Le Cid*, Amparo, la Chartreuse, un univers cinglé dont je ne cherchais pas les raisons... Une demi-sauvage, se rejouer le même classique rebattu chaque soir, cette obsession, vous me direz j'aurais dû me demander le pourquoi ! Ou à elle, directement ! Vous l'auriez fait, vous... ?

Je ne savais pas, alors, que son père était mort en prison... Sans passion, parce qu'il fallait laver l'affront, il avait tué son frère, le mari d'Amparo, et la femme qu'ils aimaient tous deux... Maria, la mère de Luz... »

D'évoquer ses âges d'or et ses tendres encanaillements, même douloureux, ça l'a requinqué, mon vieux monsieur. Il se lève et enfile le promenoir vers l'ancien logis du sacristain, tout moulinant des bras. À ce point de revivre, que je suive ou non n'a aucune importance.

Il détimbre que j'entends presque plus, et soudain vocifère furieux...

« Luz... Forcément, on jouait avec le feu. De soir en soir, la cruauté nous montait, elle à me frôler, hérissée, barbare dans sa robe lacérée et les cheveux au travers des yeux, à me cracher des bouts de Corneille en désordre, d'où te vient cette audace, retire-toi de grâce, tu me fais mourir, fous le camp, je suis pas pour toi, jamais tu m'entends, tu me prendras jamais un seul baiser ou je me tue devant toi, et moi, tout en déroute, presque à me déchirer mon tricot de corps Petit Bateau sur le torse, Chimène qui l'eût cru, ainsi donc vous verrez ma mort, ouais tu vas voir, c'est moi qui vais me jeter du clocher et tu seras bien avancé ! On se séparait complètement effarés, de la tragédie à fleur de peau, vidés. Moi, en tout cas. Je rentrais à la maison en courant, et j'allais sangloter au fond de la cave, que personne m'entende, au milieu des salaisons et des bouteilles de vin. Je voyais le moment où la mascarade ne suffirait plus, où ce serait pour de vrai, le tourment des corps et le sacrifice des amants interdits. J'étais prêt, j'avais aiguisé mon petit canif et souvent, dans les journées alanguies entre mon père et ma mère qui s'inquiétaient de la guerre, écoutaient les nouvelles à la radio, penchés et graves, j'éprouvais du pouce le tranchant de la lame. »

Machinalement, il refait le geste, se retourne et de me voir, silencieux, suspendu, il en est presque surpris, revient un peu à lui. On est au milieu du cloître des Morts. Le soleil est en train de basculer. Un petit rire d'excuse, les revers de sa veste lissés du plat de la paume et, c'est plus fort que lui, les mots coulent à nouveau. Les vieux mots, gardés si longtemps au fond, et qui voltigent dans le crépuscule pendant que mon vieux monsieur se remet en marche.

« Et puis fallait bien que le fracas du monde arrive jusqu'à nous... Une nuit de belle douceur, l'apocalypse a traversé Villeneuve avec tous ses chevaux. Quand je suis descendu vers la Chartreuse, j'ai trouvé la rue de la République bloquée par des voitures et des camions. Des types en chemise fourgonnaient dans le moteur de véhicules en panne, d'autres faisaient le plein des réservoirs avec des jerrycans, les familles, femmes et enfants attendaient, assises sur les marchepieds. Ça saucissonnait aussi, avec les moyens du bord et ce que les villageois apportaient. On sortait des tables, des chaises, sur les trottoirs, on faisait connaissance. En passant au milieu j'entendais des lamentations et les noms des villes d'où refluaient ces réfugiés, beaucoup venus de Bourgogne. On s'engueulait pour savoir s'il fallait repartir dès que possible ou s'installer, attendre voir comment les choses allaient tourner là-haut, avec nos armées... Un employé municipal tâchait de faire le tour et de recenser, de bidouiller le bivouac. Il s'énervait : le mois dernier il avait fallu loger plus de mille jeunes Belges évacués pour échapper à la réquisition ! Il y en avait encore au fort Saint-André, dans la tour Philippe le Bel, *et cetera*, alors question trois-étoiles ces messieurs-dames feraient ceinture ! Ce serait à la guerre comme à la guerre ! Déjà, au-delà de la cour des Femmes, des autos stationnaient tout au long de l'allée des Mûriers et on s'organisait pour la nuit. Des bébés pleuraient et des groupes chargés de balluchons pénétraient sans bruit dans la Chartreuse. Il montait de partout un craquement sourd, comme si la ville pétait ses amarres.

Cette nuit justement, moi j'ai cru que ça y était, que j'avais gagné le pompon... ! Tout notre tralala, la provocation rituelle au tinel, Rodrigue en ma maison, devant moi, la cavalcade jusqu'au cloître Saint-Jean où on allait se torturer à plaisir, le spectacle allait comme d'habitude... À peine plus fiévreux, plus hystérique... Et non, bien plus... Luz a bondi sur la margelle du puits, agitée à tomber au fond, se mordait les mains pour ne pas parler, et chuchotait : Tu ne peux trop promettre aux feux de notre amour... Si vous l'aviez vue, ma Chimène des débuts, d'avant l'autre Rodrigue, le bandit d'honneur : elle m'aimait... ! Nul doute, je le sentais dans mes muscles, dans mes os... ! Là, là, sûr, le baiser nous venait aux lèvres, ce branle-bas à la poitrine, sonnez trompettes, jouez clairons, j'en avais des vertiges et Luz ouvrait les bras, s'envolait vers mes lèvres... ! Nuit d'étoiles, vent de sud sur les ruines de la Chartreuse, les âmes des moines morts qui gueulent au sacrilège, nom de Dieu on allait bouffer l'univers !

Et puis il s'est approché. On l'a vu sortir de la ténèbre, par là en bas, faire signe à des silhouettes portant des valises, passer devant les yeux brillants des femmes d'ici venues puiser de l'eau. Efflanqué, le cheveu tout esbroufé, un maigre visage halluciné, d'oiseau désorienté, en chemise pâle ouverte et pantalon lâche et de grandes mains sèches qu'il posait à ses hanches.

"Alors les amoureux... ?"

Luz a repris pied, sauté de la margelle, est allée à lui. Fière comme une danseuse de flamenco. Il l'a regardée venir. Et ces deux-là, ma Chimène et le ténébreux, se sont reconnus.

"Rodrigue... Tu seras Rodrigue... Si jamais je t'aimais...

— Je ne voudrais pas de toi..."

Il restait encore un peu en dehors, jaugeait la partie. Luz lui faisait des yeux de passionaria.

"Ne crains rien, 'ce mot lâché me fait mourir de honte', je cherche le silence et la nuit pour t'aimer..."

Pas la peine d'expliquer, à partir de là il est entré dans le jeu d'instinct. Il repoussait Chimène, tournait le dos, parlait de s'en aller bouter l'Allemand hors de France, retrouvait du Corneille au fond de ses poches, l'animal, ainsi donc vous verrez ma mort en ce combat, puis il stoppait net, tournait son profil à contre-lune, Chimène se détournait, menton levé, vacillait une seconde et courait poser sa joue entre les épaules de Rodrigue, Rodrigue qui l'eût cru, Chimène qui l'eût dit... Il avait un phrasé lent, presque hésitant, avec du lointain dedans et quand même une chaleur, vous pouvez pas savoir... Et Luz se métamorphosait, mille ans d'Espagne corsetée dans la voix, plein d'honneur offensé à fleur de peau, et du frisson, et des envies de nudité et les reins déjà cambrés... Ensemble, ils ont raconté la vieille histoire.

Moi j'étais spectateur, et Don Sanche et Gormas et Don Diègue, je faisais l'infante et Elvire, je consolais, je forçais l'aveu d'amour, je recueillais la confidence, je mourais en duel... Ridicule... J'étais le roi aussi, je donnais Chimène à Rodrigue... Je me bannissais moi-même de mes édens.

“Comment tu t'appelles... ?

— Gérard...

— Hein oui que tu seras comédien... ?

— Des fois je monte déjà sur scène, en amateur...

— Non, tu seras un vrai comédien, connu partout-partout... ! Et tu joueras *Le Cid* ?

— Juré...

— Ici, dans la cour du cloître... ?

— Dans n'importe quelle cour où tu viendras m'applaudir..."

Alors Chimène a embrassé Rodrigue. Longuement. Et ils se sont mordu les lèvres, rechuchoté leurs avenirs. Des serments de vagabonds, des mirages de gosses ? Pas du tout, monsieur. Les destins étaient dits, scellés. Alentour, la ville s'apaisait.

C'était juin 40, le 14. Le 22, Pétain signait l'armistice avec l'Allemagne. Luz et moi on avait dix-sept ans. Gérard était dans sa dix-septième année. Le 15 juin il avait déjà quitté Villeneuve. Et de ce jour, jamais plus Luz n'a repris avec moi ses représentations bricolées... Relâche, monsieur, relâche, en l'absence du jeune premier... ! J'étais devenu indigne de seulement donner la réplique ! »

On y est. Pile. Près de la fontaine Saint-Jean. Là où Max Klein a commencé de vieillir avant d'avoir vingt ans. Il a les bras ouverts, cherche à droite, à gauche, l'air d'un désorienté. Et sûrement ses fantômes s'évanouissent, il se tripote le col, un rien gêné.

« Vous connaissez Villeneuve, monsieur... ? Me permettez-vous de vous montrer la ville... ? Ainsi vous l'aurez mieux dans l'œil... Pour écrire, il me semble que les lieux sont indissociables de l'histoire... »

Nous y voilà. Je te vois venir. J'avais bien deviné la manœuvre. Tu vas me faire faire la visite-pèlerinage au complet avec son et lumière mélo à chaque station. Et au bout, tu me demanderas si on peut pas en faire un livre... Après tout... Tant mieux si ça peut te faire du bien... J'ai pas le cœur à le rembarrer et en plus, honnêtement, j'ai envie de savoir la fin qui fait pleurer Margot.

« Ce sera un grand plaisir... »

On repart. Et dès le premier pas, il rebascule au passé, la voix rythmée par sa démarche hésitante.

« Après, les premiers temps de la guerre, Luz et moi, on s'est peu à peu perdus de vue. De ma faute, uniquement. Je suis retourné à la civilisation bourgeoise, passer mon bachot, grignoter une première année de médecine à Montpellier. Même pendant mes séjours aux Mûriers avec mes parents, j'évitais la Chartreuse. Par peur de me perdre, ou bien j'avais encore Gérard en travers du sentiment et je voulais pas me faire humilier par Luz, qu'elle m'envoie promener. M'empêcher de rôder autour, rester chez nous à faire le fils de famille studieux, ça non, je ne pouvais pas. Ni m'interdire de relire *Le Cid*, nostalgique en diable. Mais trahir l'amour fou, faire le mesquin et le raisonnable, ça oui, j'ai su. J'en prenais en plus des grandes bouffées de romantisme à la noix, des plaisirs pervers de passion sacrifiée aux convenances sociales et au tragique de l'histoire. Parce que je ne doutais pas que la ligne de démarcation finisse par sauter et que les Allemands descendraient jusqu'à la Méditerranée. Alors commenceraient pour nous les persécutions que subissaient déjà les Juifs en zone occupée, je serais exécuté en public, elle aurait du chagrin et regretterait mon amour... Couillonnades ! Ma mère n'était pas juive. Donc moi non plus. La belle affaire ! Mon père l'était, ce qui suffisait à nous mettre en danger, je le sentais. Sauf que mes parents ne l'entendaient pas de cette oreille. Ils affichaient une sérénité hors de saison. Bien sûr, ils savaient, mais... De toute façon, on était inaccessibles, n'est-ce pas, en zone libre, protégés par le statut de magistrat de mon père, et d'ailleurs irréprochables... Les Juifs qu'on tracassait là-haut étaient de petites gens, sûrement pas bien nets, imprudents au moins... Confusément, je me rendais compte qu'ils se bernaient en toute lucidité, peut-être pour me rassurer. Mon père serrait trop souvent ma mère contre lui et ils parcouraient les journaux avec des airs de deuil. Malgré quoi, eux et moi, on se faisait bonne figure.

Ces jours blancs ont duré jusqu'en novembre 42. Le 12, dans un froid de couteaux tirés, la Wehrmacht a traversé Villeneuve et commencé à mettre pied à terre. Sur le passage des side-cars, des motos, des autos découvertes pleines d'officiers morgueux, les volets claquaient, on pressait le pas sur les trottoirs et les serrures gémissaient derrière les portes. Quelques effrontés, ou des insouciants, restaient au long des rues à considérer les envahisseurs sous le nez, les doryphores comme on les appelait déjà. En même temps, des avions de la Luftwaffe nous ont survolés bas avant d'atterrir à Pujaut, tout près. Je baguenaudais vers la porte de clôture de la Chartreuse, mains dans les poches, et je me souviens avoir tourné sur les talons, visage levé au ciel, bouche béante, comme un ravi devant un feu d'artifice. Et puis j'ai réalisé l'enfer grand ouvert, j'ai couru à la maison. Où la dignité et l'optimisme étaient toujours de mise. Aucune raison qu'on s'en prenne à nous en particulier. Nous n'étions pas combattants, pas résistants non plus et nous subissions les cartes d'alimentation sans même nous approvisionner au marché noir... ! Mes parents ne croyaient pas un mot de ce qu'ils disaient, ou peut-être, j'en sais rien, ils s'aveuglaient pour prolonger les anciens bonheurs. Chaque soir, ils s'habillaient pour dîner de topinambours et de quelques grammes de mauvaise viande, les jours avec.

Il n'y a pas eu de temps d'observation. Les réquisitions ont commencé presque immédiatement. Quelques jours après l'arrivée de ces messieurs à Villeneuve, presque à l'aube, un vert-de-gris s'est présenté à la villa, l'ordonnance d'un officier supérieur. Il parlait français, fermement. Notre maison était réquisitionnée pour devenir le quartier général local. Si nécessaire, on nous laissait les combles à disposition quelques jours, ensuite il faudrait que nous regagnions notre résidence principale, à Uzès. Le mieux serait d'avoir libéré les lieux dès aujourd'hui. Il a feuilleté ses documents, remarqué au passage que Klein était un nom juif, pas vrai... ? Mon père a acquiescé. L'autre a renfourné ses papiers dans sa vareuse, sans sourire. J'ai assisté à tout au travers des volets mi-clos de la rotonde du salon. Lui ne pouvait pas me voir. À la grille, un Oberquelque chose attendait dans une Mercedes à capote relevée. Sur le siège du passager, une jeune fille en bonnet de police bleu clair, tournée vers lui, riait. Une souris grise.

Papa a regardé partir tout ce beau monde depuis le perron. Et puis il est rentré nous dire de faire nos bagages, nous partions en début d'après-midi. Il valait mieux obtempérer... Encore que... Ces messieurs n'avaient aucun grief personnel à notre égard et, au fond, on pourrait coexister, trouver des terrains de dialogue. Après tout, Mozart, Wagner, Goethe, et Montesquieu et Proust étaient universels. L'important était de ne pas abdiquer toute dignité, et de Français et de représentant de la loi républicaine. On pouvait faire confiance au sens allemand de la culture humaniste et de l'honneur. Les combles nous suffiraient amplement... Certes... Vous vous doutez bien, monsieur : je n'étais pas dupe de leur comédie. Parce que j'étais certain de ne plus jamais revenir, j'ai bouclé ma valise vite et je suis sorti, décidé à revoir Luz une dernière fois. Je ne suis pas allé bien loin : au coin de la rue un petit camion débâché, des fridolins assis sur ses bas-flancs, m'a obligé à me tasser contre un mur. Il s'est arrêté devant notre villa et l'ordonnance est descendue avec quatre soldats. Le temps que je rebrousse chemin, que j'arrive presque à hauteur de chez nous, ils poussaient mes parents dehors, les faisaient monter dans le camion. Mon père m'a vu du coin de l'œil. Je l'ai entendu dire assez fort que oui, son fils Max était bien inscrit aux cartes d'alimentation mais il avait quitté la ville... j'étais à Paris depuis la veille, chez mon oncle Joseph, rue Réaumur. J'ai compris le message : je n'ai pas d'oncle Joseph. Rien que la tante Rosa,

Rosa Deligny, comme ma mère, rue de la Gaîté. C'est là qu'il me disait d'aller. Il fixait l'ordonnance droit dans les yeux et tenait ma mère serrée par les épaules, pour l'empêcher de me regarder et ainsi, de dénoncer ma présence. Depuis ce jour, ils me manquent, monsieur, ces regards perdus.

J'ai pas attendu que le camion redémarre, avec mes parents entre les soldats, ballottés par les cahots, agrippés aux ridelles. J'ai pris au plus vite par les ruelles et suis entré à la Chartreuse par le côté de la boulangerie, l'ancienne partie hôtelière du monastère. Deux secondes pour enfiler la galerie du cloître des Morts et je poussais la porte de la cellule d'Amparo et Luz. À part quelques soirs où je l'avais croisée près du puits, quand Chimène avouait aimer Rodrigue mais s'en allait, l'abandonnait au bord de la fontaine, c'était la première fois que je voyais vraiment Amparo. Une femme en noir, au chignon de duègne, un visage de flamenca douloureuse, sensuelle, et un corps joyeux, décorsetée, la hanche large et la poitrine sans histoires. Et Luz, Luz, même emmitouflée dans un cache-nez bouffe-tout, occupée à tourner une soupe dans l'âtre, c'était Cendrillon, Peau d'Âne, toute la beauté du monde en haillons, et le vieil amour endormi m'est revenu en pleine figure. Elles m'ont accueilli comme un cousin des Amériques jamais oublié, comme si j'étais sorti l'instant d'avant et que je revienne avec le pain du matin ou de l'eau tirée au puits. Assis sur un escabeau, complètement défoutu, j'ai raconté l'arrestation, la villa réquisitionnée, et qu'il fallait que je prenne le maquis. Nulle part où aller. Je ne possédais que les vêtements que je portais, quelques francs et mon petit canif. Voilà. Il n'y a pas eu de chichis. Amparo est venue se presser à mon flanc, debout, et m'enlacer, doucement. Sans me lever, je l'ai laissée poser ma joue sur son ventre, j'ai passé mes bras autour de ses fesses et j'ai serré fort. Elle m'a embrassé dans les cheveux : je restais avec elles tant que je voulais. Les Allemands ne se risqueraient jamais dans notre foutoir obscur. Trop dangereux pour pas grand-chose. Valait mieux contrôler notre ghetto de l'extérieur. Évidemment, ils pouvaient toujours faire sauter les bâtiments, y aller au lance-flammes et raser le tout. Auquel cas, nos chagrins seraient finis et adios muchachos... !

Est-ce que j'ai pleuré ? Je sais plus. Il me reste seulement le souvenir ambigu du total désarroi de mes parents emmenés et, au même instant, de ma poitrine incendiée : j'allais vivre avec Luz ! Amparo m'a jeté une paillasse dans la pièce du premier et a déménagé ses affaires. Elle dormirait désormais à côté de Luz, dans l'ancien atelier des moines, en bas.

Après, des mois durant, j'ai exercé le noble métier de chiffonnier. J'étais l'homme de main de Luz et Amparo, l'auxiliaire à tout faire de leur tribu, trois Espagnols qui me parlaient surtout par signes. J'ai oublié leurs prénoms. José, Andreu, je crois... Des Casals en tout cas, comme Luz et Amparo. Je ne quittais l'enceinte de la Chartreuse que de nuit, après le couvre-feu. En évitant les patrouilles, j'allais récupérer des métaux sur les voies ferrées dynamitées par la résistance, piquer des légumes aussi, dans les champs solitaires, pour alimenter notre commerce de marché noir, couper à la cognée du bois de chauffage sur les garrigues. On faisait également le rempaillage, le rémoulage, le cardage de matelas. Et les peaux de lapins. Ou de chats, parce que les lapins couraient plus guère les rues.

Avec une partie des produits du marché noir, les femmes négociaient les vêtements de défunts, des restes des garde-robes à splendeurs d'avant-guerre dans les familles aisées qui commençaient à tirer le diable par la queue. Luz et Amparo transformaient sur une antique machine à coudre et revendaient sous le manteau. Luz n'avait pas oublié Gérard. La guerre et les privations lui glissaient dessus comme une averse d'été. Elle attendait, confiante. Aux seuils des marchands de journaux, avant l'ouverture, je volais tous les magazines de spectacle, toutes les parutions comportant une rubrique cinéma ou théâtre. Elle les dévorait sans impatience, sûre que Gérard gagnerait tôt ou tard la célébrité et qu'elle le reconnaîtrait dans ces feuilles à vedettes insouciantes. Darrieux, Périer, Romance... Moi, j'avais perdu mes saisons, je savais plus le jour et l'heure. Mais je rigolais comme un dératé, j'avais pas d'amarres et Luz me frôlait chaque seconde. Pratiquement, nous ne parlions que de Gérard, films, pièces, train de vie du Tout-Paris... Amparo, oui, quand on était seuls, que Luz baguenaudait dans Villeneuve, elle se laissait aller un peu. Dans son français rapiécé de catalan, elle disait sa fuite de Barcelone, dès les premiers temps de la guerre civile. Avec son mari, ils avaient rejoint ici la famille émigrée au début des années vingt. Elle disait la beauté de sa ville, sa vie sur les ramblas, et se taisait de longs moments que je laissais couler, à écosser des petits pois ou faire le mannequin pour un costume qu'elle retaillait. C'est là qu'elle m'a raconté les deux frères, son mari et le père de Luz, et la femme adultère, la mère de Luz. Tout était de sa faute à elle, de sa faim des hommes. Trop de sang dans les veines. Elle les a fait tourner bourriques, relevait ses jupes en montrant les dents, sans se cacher, que c'en est arrivé à une affaire d'honneur. Le mari d'Amparo a voulu s'en aller et elle, la catin, elle a juré de partir avec lui. Alors le père a dit qu'il devrait les tuer. L'affaire s'est passée après souper, en hiver, près du puits, là où Luz et moi, on finissait notre *Cid,* jadis. Les frères se sont tenus les bras une dernière fois et ça s'est jugé au couteau. Un coup pour le mari d'Amparo, un coup pour la mère de Luz qui baisait les lèvres du cadavre. Luz est arrivée comme elle tombait. Elle a tout vu. Sa mère et son oncle morts et son père attendant les gendarmes. Le temps qu'ils viennent, Amparo l'a empêchée de courir tuer son père, l'a emportée, l'a laissée hurler, se débattre, la frapper. Au point qu'Amparo n'en était pas maîtresse et qu'un type a dû l'aider, un qui s'installait juste au bord du cloître, un peintre. C'est lui qui a donné un vieux *Cid* à Luz.

Amparo n'a pas dit ce qu'elle avait ressenti, elle. Chagrin, colère... Que ce peintre habitait encore là et faisait parfois des portraits de Luz, pour des cartes postales, c'est tout. Luz et moi, on n'en a jamais parlé, ni du double meurtre, ni que son père s'était pendu en prison, ni de cet homme. Par la suite, avec le peintre, on est devenus amis, mais c'était bien plus tard.

À quelques matins de là, un journal que je venais de ramasser pour Luz s'est ouvert tout seul à la page des théâtres. Au milieu la photo d'un ange avec Edwige Feuillère. Dans *Sodome et Gomorrhe*, de Giraudoux. J'ai tout de suite reconnu l'ange : Gérard ! Sous la photo, la légende nommait cet ange qui triomphait sur scène : Gérard Philipe. Si je n'avais pas eu le conte d'Amparo, tout sanglant dans la mémoire, je crois que j'aurais jeté le journal au caniveau. Au lieu de quoi, je l'ai posé aux genoux de Luz, bien conscient que je signais mon total exil et j'étais jaloux, oui, jaloux. Je la vois encore, monsieur... Elle s'est mise à pépier, à chuchoter les phrases de l'article, comme une litanie vive, de la lumière lui venait d'en dedans. Transfigurée. Elle aurait pu lire dans le noir. Ainsi Gérard avait commencé le chemin qui le ramènerait à Luz. Elle ne doutait pas d'apprendre, dans un jour, dans un an, qu'il allait donner *Le Cid* à la Chartreuse et entendait déjà clouer les planches du plateau, imaginait le décor, le costume de Gérard, et qui jouerait Chimène, dis-moi, Max, Chimène... ? Je ne répondais pas, la question était formelle et je ne voyais aucune autre Chimène qu'elle... Pas impatiente pourtant, assurée de l'ordre des choses. On devait être vers fin octobre 43, des brouillards montaient du Rhône, je me souviens.

Les mois ensuite, j'ai été transparent. Je n'étais que le facteur, celui qu'on attend au seuil et qu'on ne voit pas parce qu'on lit déjà les nouvelles qu'il vient d'apporter. Et, dans les gazettes que je piquais aux marchands de presse, il n'y en avait que pour lui, Gérard

Philipe, et qu'il avait achevé le tournage d'un film avec Delorme, Blier et Odette Joyeux qu'il retrouvait pour une pièce, *Au petit bonheur*, et on parle de la fin de l'idylle avec Bernadette Lange... Et sa gueule d'ange sous tous les angles...

La guerre, le débarquement en Sicile, l'occupation allemande de plus en plus dure, les partisans du coin réfugiés quelques jours dans les parties secrètes de la Chartreuse, mes expéditions avec José et Andreu, nos trafics, que j'en étais total dézingué, à plus savoir mon nom ni avoir peur d'être pris et fusillé, ce qu'on commençait à savoir des camps d'extermination, la certitude que mes parents y mourraient, et puis non, pas possible, ils allaient revenir, papa, maman, je ne sais même pas si Luz en a eu conscience. Amparo, oui. Les pieds sur terre.

Luz gardait les photos et les articles au-dessus de son lit, comme des ex-voto exaucés, les étapes d'une tendre maladie dont elle guérissait sans faute. Elle s'agenouillait devant et rebalbutiait les potins de cinéma, les louanges à Gérard, me disait sans me regarder : "Tu vois... !" et, parce que je me taisais : "Oh toi, tiens, tu m'aimes pas ! Je regrette d'avoir joué du théâtre avec toi ! Tu t'en fous bien de moi... !" Je ne vivais que d'elle.

Vers le printemps 44, mai, les bombardements ont commencé sur la région et ça s'est mis à sentir le sirocco pour Hitler. La libération s'annonçait. D'abord par le sud. La première du film d'Allégret *Les petites du quai aux fleurs* venait d'avoir lieu, Luz tournait mystique, j'en pouvais plus. Un jour j'ai fait un saut à notre maison d'Uzès. Des familles de réfugiés l'occupaient. Personne n'avait de nouvelles de mes parents. J'ai poussé jusqu'à Montpellier.

Mes anciens copains carabins m'ont planqué dans les locaux de la fac de médecine et de l'hôpital général. Le jour, je vivais dans les amphis, je jouais à l'étudiant, je suivais les tournées des lits, en blouse blanche, anonyme dans les groupes accompagnant les visites du patron. La nuit, je somnolais avec les toubibs de garde, comme un interne d'astreinte. Il nous est même arrivé de soigner des résistants blessés, en douce, avec la complicité des professeurs. Jusqu'en août. À ces époques, on croisait encore des SS, des sbires de la Gestapo en déroute. On les savait aux abois, capables d'atroces représailles, comme à Oradour-sur-Glane, massacré et brûlé en juin. Ils ne m'ont jamais accordé un regard. Après, ils n'étaient plus là mais j'ai continué à vivre pareil, comme si j'attendais que le monde se remette en ordre pour tâcher d'y trouver ma place. De cette longue année, de cet hiver de froid terrible, j'ai un souvenir presque d'un bloc, comme d'une interminable journée. On a suivi la campagne de France, l'avance des troupes alliées depuis la Normandie, la remontée de Leclerc vers Paris, on est revenus à la vie. Pas une seule fois je n'ai cherché à connaître les avatars de la carrière de Gérard Philipe. N'empêche, il me hantait, bien sûr, à travers Luz.

Tout début mai, j'ai décidé de monter à Paris, chez la tante Rosa. Peut-être elle saurait, pour mes parents. D'après certains bruits, on commençait à rapatrier des déportés. Si ça se trouvait, ils étaient chez elle... ! Évidemment, j'ai fait un crochet par la Chartreuse. Je suis arrivé le 7, nerveux à pas croire. La rumeur courait que l'Allemagne capitulait, c'était fini... ! Amparo m'a presque mangé cru, sans un mot, des baisers en veux-tu en voilà, elle me palpait, me caressait les joues et ses lèvres tremblaient. Moi, je regardais Luz. Plus que jamais un animal, fiévreuse et étincelante, ma gitane ébouriffée aux yeux marine. Nom de Dieu, ce que j'ai eu envie de l'embrasser, je crois que j'ai essayé, mais allez donc, elle se dérobait, jacassait, et puis elle m'a montré son mur de papier. Une seule nouvelle coupure de presse : en mars, Gérard Philipe avait joué *Federigo*, au théâtre des Mathurins. Rien d'autre à m'annoncer. Son aventure continuait. Toute la nuit j'ai bu une mauvaise sangria bricolée par Amparo. Je crois que j'ai été fin saoul et qu'elle m'a aidé à grimper jusqu'à ma paillasse. Luz dormait depuis longtemps. »

Maintenant il fait noir et Max reprend haleine, dans le halo orangé d'un lampadaire. On est sortis de la Chartreuse par la cour des Femmes et la porte de la Clôture, et on a pris jusqu'à la place Neuve. Il a parlé longtemps, s'arrêtait, vieux chien à la respiration en débâcle, comme pour renifler, chercher la piste.

Il s'est adossé à un mur dont il palpe les

rugosités, près d'un café-tabac, et écoute, le regard alentour, comme s'il entendait d'anciennes voix, revoyait des silhouettes. Est-ce qu'il sent mon émotion, est-ce qu'il en joue sciemment... ? Ou bien il fatigue, c'est trop toute cette mémoire d'un coup... ? En tout cas, il prend des temps de sociétaire, recommence à mi-voix.

« Le vrai bal de la Libération a eu lieu le 9 mai 45. Mais déjà, le 8, à l'annonce de la victoire, une estrade de fortune avait été dressée sur la place Neuve, des guirlandes multicolores pendues aux platanes. Tout le monde était là, les gueux et les notables, les beaux et les laids, les mémés et les gosses, tout le ghetto de la Chartreuse aussi, un peuple ébloui, maladroit de liberté, qui retrouvait juste à tâtons les gestes pour s'embrasser à larges bisous mouillés, avec les mains qui tremblaient aux épaules et des mouchoirs furtifs. Moi, je me serrais contre Luz et Amparo. Elles avaient leurs bracelets de fête et des robes en satin, bricolées d'anciennes toilettes récupérées à leurs chiffons. Toutes les fenêtres de la place étaient ouvertes. Tout ça en attendant de danser. Danser enfin ! Essuyer les peurs et les humiliations, tenir une femme dans ses bras, se laisser aller à un tango, retrouver la dignité des plaisirs simples. On attendait. Jusqu'à ce qu'un gominé grimpe sur l'estrade annoncer que l'orchestre était coincé à Nîmes et ne viendrait pas. D'abord, ç'a été comme une défaite, les estomacs se sont noués, on a reflué vers les abords, prêts à rentrer chez soi. Et puis il s'est fait un mouvement, parce qu'on pouvait pas laisser passer l'instant, qu'il fallait une dernière débrouille, pas courber l'échine encore, quelqu'un, une voix de femme, rouillée des années de silence, a commencé *Y en a qui vous parlent de l'Amérique...*, et de proche en proche le chant a gagné, la foule entière a repris le premier refrain, "Où est-il mon moulin d'la place Blanche, mon tabac et mon bistrot du coin...", et cette immense voix a débordé la place, coulé jusqu'au Rhône qui emportait les paroles nostalgiques, "Où sont-ils nos amis, nos copains, où sont-ils tous mes vieux bals musettes..."... Ç'a été le signal, le bistrot a sorti son gramophone, des municipaux ont branché des haut-parleurs et soudain on a entendu Trenet chanter *Douce*

France, tout crachotant, loin, loin, comme si on volait cette mélodie sur des ondes interdites. Alors les couples se sont formés, à l'aveuglette, entre inconnus, juste sur un sourire, un regard croisé. Et en avant la musique... !

De la soirée, je n'ai pas réussi à prendre Luz dans mes bras. Elle passait de cavalier en cavalier et jamais je n'arrivais à temps. Dieu, comme elle a ri, comme elle a été une dame respectée, avec ses nippes de rien, sa beauté barbare de va-nu-pieds décoiffée. Personne, aucun des hommes qui l'ont enlacée n'a tenté un geste, une main bas sur ses reins. Simplement, à la fin de la danse, elle les embrassait, gravement, et ils en restaient ballants un instant. Ensuite, Luz flottait, balayait des yeux la cohue comme si elle avait été transparente, la place déserte, et je savais bien qu'elle ne cherchait qu'une seule silhouette, Gérard qui serait apparu à l'angle de la mairie, vers la poste ou la montée du Fort. Une seconde de panique, comme une enfant perdue, et hop là, un danseur la basculait dans une java et sa robe rouge disparaissait au milieu du bal. Moi, des dames qui sentaient le savon m'ont pressé contre leur poitrine, embarqué dans des pas que je savais pas, bisouté à pleines lèvres, on m'a pleuré de joie dans le gilet, raconté des vies, j'ai été Tino Rossi, Maurice Chevalier, Carlos Gardel, surtout Gardel, pour des tangos à m'étouffer... La nuit était tombée et on s'en foutait, pareil d'avoir mal aux pieds, et de pas bien voir avec qui on dansait. Finalement, j'ai échoué dans les bras d'Amparo. Tout en satin blanc, une mariée d'occasion, abandonnée au lendemain des noces. Sitôt qu'elle a posé la main sur mon épaule, elle ne m'a plus lâché. Elle me guidait, rattrapait mes ratés et je sentais son corps avide et doux, ses tétons à crever le devant de sa robe, ses cuisses entre mes jambes. J'essayais d'apercevoir Luz, et non, juste un éclair rouge et elle s'enfonçait au plus sombre du bal. Amparo avait ses beaux cheveux noirs dénoués, du tragique aux paupières et les lèvres entrouvertes. À un moment je n'ai même plus entrevu Luz. Amparo a dit qu'elle était fatiguée depuis le matin et était sûrement rentrée... Plus tard monsieur, dans la cour d'un vigneron, contre un foudre abandonné, j'ai fait l'amour pour la première fois. Pas par pitié, monsieur, ou dépit amoureux... ! Parce que cette femme était digne et qu'elle m'aimait. Oui, là, je l'ai su, qu'Amparo m'aimait et qu'elle n'espérait rien de moi. Là encore elle m'a montré la marche à suivre, tendrement, sans impatiences ni moqueries, sans arrêter de parler un espagnol que je comprenais pas et qui faisait comme une vieille magie ou une berceuse. Et j'ai fermé les yeux.

Après, pour la première fois depuis l'arrestation de mes parents, je suis rentré dormir à la villa dévastée où des ordonnances en allemand restaient punaisées aux murs, des verres renversés sur les tables, tout un fatras d'armée en déroute. Les chambres, n'en parlons pas. Ruinées. Un des matelas était taché de sang. J'ai dormi à la cave, comme aux temps de mes jeux cruels avec Luz.

Le lendemain, on a fait les choses dans les règles. Un bal officiel. Tout le village emplissait la place Neuve, quelques parents montés d'Avignon aussi. Même endroit, même soif de danser. Avec une petite *banda* de corrida qui s'appliquait à jouer autre chose que leurs paso-doble habituels. Cinq musiciens mal nourris, mal nippés, élimés, aux instruments cabossés. Ils ont joué jusqu'à l'aube.

En arrivant, Luz traînait la patte. Amparo et

moi on a cru que c'était de ses abus de la veille. Trop forcé sur la valse et le charleston… ? Un petit fiancé trop vigoureux… ? Évidemment, on forçait sur le grivois, vu qu'on se sentait un rien pas bien de nos trahisons dans la cour du vigneron, la nuit d'avant. Luz souriait quand même, nous laissait dire sans ses habituels coups d'orage les fois où j'osais la faire un peu marcher avec des blagues nulles sur Gérard. On s'est tassés contre le mur, à regarder la foule se gaver de liberté. Je pensais à mes parents, est-ce qu'ils allaient revenir de déportation, s'ils pourrissaient déjà dans une lande pelée de Prusse ou de Silésie, comment étaient-ils morts, de froid, d'épuisement, abattus d'une balle, qu'est-ce qu'ils avaient vu en dernier avant de mourir… ? Je me souviens que l'orchestre venait d'attaquer *Ramona*, et que Luz m'a tendu les bras. Elle portait une jupe droite et un corsage noirs, en crêpe georgette, récupérés et reteints par-dessus les couleurs d'origine. Moi, vous pensez, monsieur, je battais la chamade, c'était mon sacre, mes fiançailles sauvages, serrer Luz contre moi, la sentir vivre à ma poitrine, sa tignasse en bataille à ras de mes lèvres, et puis son regard marine levé sur mon visage et plein de trouble dedans, le roi n'était pas mon cousin... ! Je l'ai emportée dans le grand courant des fiers danseurs et rien ne pesait plus, ni elle ni moi. Amparo, adossée à son mur, dans sa robe de satin défraîchi, détournait les yeux. Deux, trois pas à se frotter en rythme, un baiser qui me vient, et puis d'un coup, le soulier de Luz racle au pavé, elle se raccroche à ma chemise, manque me faire tomber, complètement perdue, gémit, bouche ouverte, le souffle à l'agonie, à peine si j'ai le temps de la tirer de la cohue, de la ramener à Amparo qui attrape une chaise du bistrot, l'assied... On l'enlace, on lui caresse les cheveux, qu'est-ce qui se passe, Luz... ? Luz touche sa jambe droite, la palpe, la pince, cherche à se remettre sur pieds, manque basculer... Cette jambe est paralysée, Luz a beau essayer, c'est mort... ! Ses propres mots, répétés sans cesse, presque incrédule, à voix blanche : c'est mort... ! Je l'ai soulevée comme une enfant évanouie, et l'ai remontée, au milieu de gens qui s'embrassaient, poussaient la chansonnette, j'ai gravi la rue de la République, l'allée des Mûriers, enfilé tout le déambulatoire, jusqu'à la cellule de la Chartreuse, et je l'ai déposée sur son lit. La jambe droite ne répondait toujours pas, elle ne la sentait plus et ses yeux s'affolaient, elle mettait la main devant sa bouche, gémissait, et moi qu'est-ce que je pouvais ? Je massais, je frottais sa cuisse, son genou, le mollet, le pied, avec un alcool de contrebande qu'Amparo me versait sur les mains. Sans résultat. Luz était là, troussée, la jupe aux hanches, comme une catin maladroite. Hier encore j'aurais traversé les Alaskas pour une caresse à cette femme offerte et maintenant j'arrivais à rien, je pétrissais cette chair à désirs et j'étais pas foutu d'y amener le moindre frisson.

J'ai envoyé Amparo chercher de l'aide au bal. Elle est revenue avec un petit médecin, un jeune, rigolard, qui avait des traces de rouge à lèvres sur le col de sa chemise. Il a mis Luz nue, totalement, l'a examinée. Il a ausculté, palpé, questionné, tout à coup grave et puis de nouveau souriant. Sitôt qu'elle a été nue, Luz a pris la main d'Amparo, ne l'a plus lâchée. Et moi, ce corps couleur sépia, lumineux comme la photo d'une sirène, je le voyais pas, je regardais fuir le regard du petit médecin, je l'écoutais toussoter. Jusqu'à ce qu'il jette une couverture sur Luz et dise que ces accidents n'étaient pas rares dans cette période : manque de vitamines, de calcium... On allait faire des analyses et préparer un traitement approprié... Luz avait les yeux au plafond, Amparo me fixait comme si Dieu nous avait punis.

Le petit médecin m'a pris à part, dehors, sous les voûtes crevées du cloître des Morts : une maladie dont il voulait encore taire le nom, mais très vraisemblablement la forme progressive, la pire, avec monoplégie crurale. Bien sûr il pouvait se tromper, on allait faire des examens complémentaires, la monoplégie pouvait régresser, mais d'autres syndromes apparaîtraient et Luz était condamnée à se pétrifier de plus en plus... Il était aux cent coups d'avoir émis un diagnostic si terrible et refusait de se faire payer. Je crois que j'ai voulu lui casser la gueule. Il est parti à reculons, avec ses lèvres qui bredouillaient des excuses, en me laissant une lettre pour les services de l'hôpital d'Avignon. Je me suis tapé le front contre tous les murs, j'ai sangloté, et puis je suis rentré dans la cellule dire la vérité.

Amparo avait rhabillé Luz et l'avait menée s'asseoir dans un fauteuil d'osier, au bord du petit jardin en terrasse, derrière, avec les salades et les melons. Une couverture sur les jambes, elle regardait la nuit tombée, haut par-dessus le mur d'enceinte. Je suis allé m'accroupir à ses pieds, j'ai pris ses mains et j'ai raconté, les saloperies à venir et les éventuels moments de mieux. Bien qu'elle n'ait pas tout de suite baissé les yeux sur moi, je suis sûr qu'elle a écouté. Et qu'elle a compris. Amparo aussi, accotée au chambranle de la porte, en femme qui en a vu, au-delà des mots trop compliqués, rien qu'au ton de ma voix, elle a tout de suite été sûre du calvaire. De l'ourlet de sa robe de satin blanc, remontée comme ça, sans pudeur, elle a essuyé juste deux larmes et puis elle s'est réfugiée à fourgonner dans ses casseroles.

Ce qui s'est passé ensuite avec Luz, encore aujourd'hui, c'est gravé. Ni lamentations, ni questions, ni inquiétudes. Elle avait son air de Chimène, sa voix d'orgueil. La maladie, l'hôpital, le traitement, bon, c'était ainsi, elle se battrait. Mais une seule chose comptait : il ne fallait surtout pas que Gérard apprenne. Qu'elle ait le temps de guérir avant qu'il vienne jouer *Le Cid*... J'ai eu beau lui dire, patiemment, que c'étaient des gamineries oubliées, qu'il ne se souvenait plus de nous, on bâtit pas une vie sur des paroles en l'air... Elle m'a regardé bien en face : il m'a juré, elle a dit, et toi tu es jaloux et laid. D'abord, t'as un gros nez... ! Si tu doutes encore de son serment, ne reviens plus jamais ici... Qu'est-ce que je pouvais répondre ou faire... ? Lui demander de m'épouser... ? Lui répéter que j'étais pas un mirage, moi, que je m'occuperais d'elle jusqu'à sa mort, que pas un jour ne se passerait sans que je prenne soin d'elle, même invalide, même si elle refusait de me parler, de me toucher... ? J'ai juste hoché la tête, complètement au trente-sixième dessous, devant cette femme à se damner, dont la mort lente commençait là, et qui n'avait dans le crâne qu'un prince de carton-pâte... ! Alors que moi, Max Klein... ! Et puis brusquement l'idée m'est venue, bête et simple ! J'ai pris ma décision, dessiné le plan de toute ma vie, aussi évident et complexe qu'une mise en scène, aussi illusoire et aussi vrai... J'ai annoncé que je montais à Paris, chez une sœur de ma mère. Moi aussi j'allais devenir acteur, comme ça je croiserais Gérard Philipe, peut-être je serais son partenaire, même pas impossible que je devienne son ami, que je le fasse revenir à la Chartreuse, au pis-aller je donnerais de ses nouvelles... Si vous aviez vu Luz... ! Une seconde j'ai cru qu'elle allait marcher, que j'avais opéré un miracle... ! Elle a eu une sorte d'élan, de la lumière au travers du visage et m'a tendu les mains. Je les ai baisées, sur les paumes, et je suis parti. Parce que j'en pouvais plus, monsieur, j'en pouvais plus, et je voulais pas pleurer devant elle.

À Paris, la tante Rosa m'a accueilli comme un rescapé des camps. C'était une garçonne, une femme à la marge. Veuve d'une belle fortune, sans enfants, pas mal introduite dans les milieux artistes et très "familles, je vous hais". Grâce à elle, par la suite, j'ai eu toutes les facilités pour garder le contact avec Gérard Philipe. Elle a même investi dans la production théâtre et cinéma. Je crois pas qu'elle ait dîné avec mes parents une seule fois après leur mariage. Mais de les savoir là-bas, de plus avoir les nouvelles laconiques qui l'emmerdaient jusqu'alors, les imaginer séparés, morts au bord d'une fosse commune, babines retroussées, elle prenait de grands accès de douleur et se reprochait ses distances, de pas leur avoir dit que leur amour était beau et qu'elle les enviait de ce putain de bonheur. Jamais ils reviendraient, c'étaient que des cadavres qu'on sortait des baraques, en Allemagne... On nous promettait des retours impossibles. Aussitôt elle se serait giflée de perdre espoir, machinait des complots pour qu'on les trouve, qu'on les rapatrie. À mon arrivée, elle venait d'apprendre que les premiers déportés commençaient vraiment, enfin, à revenir.

Inutile que je vous décrive le centre d'Orsay où on les accueillait. Évidemment on n'avait pas le droit d'entrer, d'aller regarder sous le nez des ombres demi-mortes. Rien que parcourir les listes placardées par le Service de Rapatriement. Après, au cas où le disparu figurait, les familles étaient autorisées. Si le proche n'avait pas la force de quitter le centre par ses propres moyens. Sinon, fallait rester dehors et patienter. Ça se bousculait. Des types, des femmes restés derrière l'attroupement criaient des noms à ceux du premier rang. Lagache Marcel, Lagache... ! Singer Rachel... ! Tout se mélangeait, on n'entendait pas assez pour répondre avec certitude. Des fois quelqu'un qui voulait bien faire se trompait, gueulait que oui, Robert ou Jérémie était là ! On laissait une mère, un frère, venir jusqu'à l'affiche, qu'il ait la joie d'y lire le nom de son disparu retrouvé. Et c'était pas vrai, il manquait encore à l'appel. Le lendemain, ils étaient de nouveau là, les yeux vides, et n'osaient plus approcher. Les prisonniers de guerre valides passaient à la désinfection et sortaient du centre, par petits groupes, tout écarquillés de liberté. Les parents, les copains qui attendaient, leur sautaient au cœur et ça rigolait, ça pleurait, ça voulait raconter des années en une phrase. Les autres, les oubliés, détournaient la tête, surtout pas entamer tout de suite la souffrance d'avoir manqué à personne. Oh, la douleur de ces jours, paradoxale, deuil et soulagement ensemble... ! Ma tante Rosa, tous ces salamalecs de souffrance et de soulagement mélangés, elle en avait mal de sanglots ravalés. Moi, j'étais vide, le cœur grand ouvert à des absents, mes parents, Luz, immobile dans l'attente des chagrins annoncés. J'ai insisté pour venir seul, désormais.

Un jour, j'allais rentrer, ce serait pas encore pour aujourd'hui, une fille qui me parlait souvent m'a rappelé : Daniel Klein, c'était lui mon père, non... ? Oui... Il avait été tiré de Buchenwald. J'ai oublié les premiers instants, quand je l'ai revu sur son brancard, juste débarqué d'un wagon, et comment je me suis débrouillé de la paperasse et compagnie.

On l'a transporté à l'Hôtel-Dieu. Restait pas lourd du juge avec son hermine et sa prestance. Que la carcasse. On aurait dit un grand linge amidonné, pas plus épais qu'un drap. Incapable de rien digérer. Il vomissait sitôt la dernière cuillerée de bouillon avalée. En plus, j'ai pas été foutu de lui cacher que maman ne reviendrait pas de Birkenau. Il a voulu voir la lettre de son décès officiel. Et tout son amour pour elle lui est remonté aux yeux. Après, il a refusé complètement la nourriture. À ce train-là, clair, il tiendrait pas des semaines. Même une seule il a pas pu. Le sixième soir il a serré ma main et adieu. Mais avant, il a employé ce qui lui restait d'énergie à parler, me posait des questions sur comment j'étais passé à travers, le restant de la guerre. Et il regardait le jour par la fenêtre. J'ai tout déballé, mon maquis voyou en Chartreuse, le clan des Casals, Amparo, et Luz, nos rencontres en cachette, dès juin 40, notre *Cid*, et que je l'aimais. J'ai même dit le père de Luz assassin de sa femme et de son frère. Là, papa, c'était sa dernière après-midi, il a eu comme un froncement, Casals, Casals... Bien sûr que oui...! Le procès, sa mémoire en avait pas perdu une minute. Il se rappelait le chef d'inculpation, la peine capitale réclamée par le procureur, la belle plaidoirie de l'avocat sur l'honneur et le peuple espagnol déjà martyrisé de guerre civile... Une anecdote aussi : la belle-sœur, Amparo, avait essayé de s'accuser des meurtres... Personne n'y avait cru... Au final, il avait prononcé la perpétuité... Et Casals, s'il se souvenait bien, s'était suicidé en prison... Exact. Donc Amparo et Luz, en me cachant chez elles, savaient de qui elles sauvaient la vie...! Il pesait le cruel du sort et tâchait de me tendre la main, je suis désolé, si... Comment voulez-vous que je supporte? À mon insu, j'avais rejoué *Le Cid* en vif! Presque, alors, je lui en ai voulu, de tout, de sa vie, de ce bordel de la guerre, que rien n'était plus humain... J'ai fui pour pas me taper la tête aux murs. La tante Rosa pleurait dans le couloir, presque mécaniquement, elle se vidait le chagrin, et je me suis effondré dans ses bras. Quand j'ai réussi à tenir debout, on est revenus au chevet de mon père. Et nous deux papa, on finirait jamais de se confier, jamais on n'arriverait au bout de se parler... J'ai baissé ses paupières toutes sèches. »

Depuis un petit moment, on est repartis de la place Neuve. Sans raison apparente. Suffit que j'écoute, qu'il tourne la tête en marchant et voie mon attention, il continue son conte cruel. Maintenant il est trop loin pour s'arrêter. Je sais qu'il ira au bout, que sinon il en crèverait sur place. On a peiné dans des ruelles en pente, pris à droite, à gauche, les voies obscures de son souvenir, sans que jamais il se taise plus d'une minute à se refaire le souffle.

« J'ai été lâche. Ça m'a pris des mois de retourner me présenter devant Luz et Amparo. Elles m'envoyaient des cartes postales, celles du peintre de la Chartreuse. Avec Luz au recto. Alanguie contre un mur, un peu dégrafée, la bretelle du corsage en berne, le jarret plié pour montrer un rien de cuisse. La Chimène barbare de jadis, tentante. Au verso, elle m'écrivait que son traitement prenait bien, qu'elle s'améliorait, à part quelquefois des vertiges. Est-ce que j'avais rencontré Gérard Philipe ? Amparo m'embrassait. Tout ce temps j'ai hanté le cinéma et le théâtre. Dynam, Gélin, les copains de Gérard Philipe, Auclair qui avait fait le coup de feu avec lui à la libération de Paris, on se voyait en coulisses aux premières, j'étais de toutes les nouveautés théâtrales. Second couteau de fiestas, silhouette dans les ribouldingues de tournage, j'ai commencé à regarder de près grandir un comédien légendaire. Jusqu'à ce que je tienne plus et que je redescende avec *Caligula*, de Camus, et les *Épiphanies*, de Pichette, dans mes poches. Les pièces jouées par Gérard Philipe. J'ai dû les lire à Luz. Par accès, sa vue s'obscurcissait et on était loin de la belle santé. La maladie sclérosante refermait les griffes. Avec des rémissions, comme prévu, où Luz oubliait l'inévitable et m'écrivait ses cartes optimistes. En cachette, Amparo, m'a demandé si c'était vrai ce qu'on disait : que Gérard avait conduit lui-même son père, condamné à mort pour collaboration, se réfugier chez Franco, à Barcelone... Parce que si oui, il fallait le cacher à

Luz... Barcelone, tu comprends... J'ai dit non, à l'heure où Marcel Philip franchissait la frontière, Gérard était sur scène, à Paris, et moi dans la salle...

Des années durant, j'ai fait ces allers-retours Paris-Villeneuve. Globalement, l'état de Luz était stationnaire. Son suivi médical était aussi bon que possible en ces années-là. J'ai continué à faire le facteur de potins. *L'idiot, Le diable au corps, La chartreuse de Parme, Une si jolie petite plage*... tous les films de Gérard Philipe j'y avais fait de la figuration. *La chartreuse de Parme*, on l'avait tourné en Italie... Luz se foutait de l'Italie mais voyait comme un signe du retour de Gérard le mot « chartreuse » dans le titre, et s'inquiétait des ragots de magazines : est-ce que Gérard avait une aventure avec Maria Casarès... ? Mais non, une amitié sans plus. D'ailleurs Maria est amoureuse de Jean Servais, tu vois bien... Est-ce qu'il a couru des dangers sur le tournage ? Cette descente du haut d'une tour, au bout d'une corde... ? Quand elle avait la force de se laisser emmener au cinéma, elle, l'invalide, admirait surtout les exploits physiques de Gérard ; j'aurais pas pu en faire autant, moi, hein... ? D'ailleurs elle m'avait pas reconnu dans le film, où j'étais... ? Caché dans la peau d'un assassin, soldat au milieu de l'armée, souvent même coupé au montage... »

À ce moment, au détour d'une montée, on a brusquement eu l'espace découvert sur le Rhône et, derrière, Avignon, le palais des Papes tout craquant de projecteurs. On s'est arrêtés. Max ne le quitte pas des yeux et son souffle est bizarrement apaisé. Quand même il a un hoquet, vacille, se rattrape à mon bras :

« Vous plairait-il de partager mon dîner... ? Des frugalités, rassurez-vous... De toute façon, vous saviez bien que je vous menais chez moi... »

Je fais oui de la tête, bien sûr que j'ai compris les règles du jeu, et ça lui suffit, il a encore un regard pour le palais et fait demi-tour. Moi, maintenant, je le suivrais en Alaska.

« ... Un matin je suis arrivé à la Chartreuse, des revues de cinéma plein les bras, début juillet 51 ; le premier jour de mes vacances. Pour trouver un total capharnaüm ! La cellule avait pris un sacré coup de sirocco : des bouts de tissu, des chiquettes, des patrons de robe, encombraient le lit et la table. Amparo piquait à sa vieille machine à pédale dans un boucan de mitraille : inutile de m'arracher les lèvres avec les nouvelles qui me lapidaient le cœur, Luz savait déjà. Le 18 du mois, Gérard Philipe venait jouer *Le Cid* au palais des Papes d'Avignon, dans la cour d'honneur ! Pour le festival ! Assise sur le muret du jardin, elle bégayait, laisser papillonner ses mains, insupportable de bonheur, et qu'Amparo lui confectionnait quelque chose d'élégant et que Gérard allait la reconnaître, sûre et certaine... Elle avait encore maigri et le soleil vertical lui creusait les joues. J'ai dit, je sais plus, peut-être que j'allais retenir des places, et j'ai laissé mes magazines à côté de Luz.

Je me souviens d'abord du mistral. Il s'était levé dans la nuit précédente, glacé, et il tourmentait les cheveux de Luz pendant que je poussais son fauteuil roulant près du plateau, au bout de la première travée de sièges. J'étais un rien en retrait, sur une chaise pliante rajoutée. Les lierres de la cour d'honneur bruissaient et, mêlé aux conversations des spectateurs qui s'installaient, leur frisson faisait comme une grande impatience. Amparo avait refusé de venir : l'Espagne des hidalgos héroïques, pas question. Pas tant que Franco, le caudillo de *sangre*, serait au pouvoir... ! Mais elle avait lavé Luz, l'avait peignée, habillée. La montée d'émotion, l'anxiété avaient provoqué une crise grave, avec paraplégie, et il avait fallu mon aide pour soulever une Luz presque inerte, permettre à Amparo de lui faire la toilette. Tout ce temps, Luz se moquait bien que je la tienne nue dans mes bras, que j'assiste à son hygiène intime, elle était méchante, ne faisait aucun effort, râlait qu'on lui faisait mal et qu'on la mettait en retard exprès. Si elle ratait le début, elle ne nous adresserait jamais plus la parole ! À la fin, Amparo n'en pouvait plus et c'est moi qui ai souligné les yeux de Luz au crayon, noirci ses cils, appliqué un fond de teint au gris de ses pommettes, mis le fard à paupières et dessiné sa bouche au rouge. Maladroitement, à larges touches tremblées. Et j'ai accroché à ses oreilles les vieilles boucles d'argent d'Amparo, leur seule richesse. Ainsi, elle avait ce charme trouble des comédiennes une fois les projecteurs éteints.

Les trompettes de début ont sonné, on n'a plus entendu que le vent lisser les hauts murs et la lumière est venue sur le plateau. Elvire et Chimène...

Dès le premier vers de la pièce, Chimène transfigurée d'amour, “Elvire, m'as-tu fait un rapport bien sincère ?”, j'ai vu bouger les lèvres de Luz. Elle disait le rôle avec Françoise Spira, elle était son ombre et, de ce moment jusqu'à la dernière réplique, elle a été Chimène. Et le Cid est apparu, un Rodrigue infirme : Gérard Philipe porté en scène, installé à sa place, incapable de se mouvoir. Un instant le public a frémi, et puis la voix de Gérard a cinglé la cour d'honneur, pas la voix d'un grave tragédien, celle d'un jeune type faraud, réfractaire aux concessions et soudain au pied du mur, obligé de foutre en l'air par devoir une vie même pas commencée : tuer le père de son amour... Gérard Philipe a joué toute la pièce moitié assis, moitié planté, rivé aux planches, les autres, Jean Vilar, Jeanne Moreau, Spira, tournant autour de lui, compensant son immobilité forcée, et on oubliait l'étrange représentation mutilée. C'était un gamin qui devenait homme, avec des élans, des bravacheries, de terribles désespoirs, et la souffrance physique de Gérard disait aussi le foudroiement de Rodrigue. Est-ce que Luz pensait encore à son propre père, assassinant pour l'honneur sa femme et son frère... ? J'en sais rien mais elle s'en allait de son corps gelé, elle était là-haut, dans la lumière... C'était la même reconnaissance qu'à cet ancien soir de juin, à la Chartreuse. Peut-être, ce soir de juillet 51, les dieux sont revenus dans cette cour, ils ont posé le doigt sur Gérard Philipe et sur Luz. À la fin, il s'est fait un grand silence tout blanc et d'un coup les cœurs sont venus aux lèvres, tout le monde debout, applaudissant à avoir mal. Sauf Luz. Visage levé vers Gérard qu'on soutenait au bord du plateau, elle communiait aux bravos, elle lui parlait. Longtemps après le dernier salut elle est demeurée ainsi, extatique.

Alors, par des spectateurs qui sortaient, on a appris que Gérard Philipe, la veille, au cours de la dernière répétition, s'était abîmé un genou en tombant de la scène. Au point que tous étaient certains qu'il ne jouerait pas.

Maintenant, Luz voulait remercier Gérard d'avoir tenu parole, d'être revenu interpréter le Cid rien que pour elle. Et puis d'ailleurs je le connaissais bien, j'étais comédien moi aussi, alors un salut entre confrères, n'est-ce pas... ? On est descendus à la loge de Gérard. Une sorte de cave qu'il partageait avec Jean Vilar. Personne n'a osé nous interdire. J'ai poussé le fauteuil de Luz dans cette loge. Le maquillage de Gérard était rayé de larmes et il grelottait d'épuisement, assis devant l'éclairage cru de son miroir. Toute la douleur, négligée le temps de la représentation, se vengeait, revenait mordre à l'os. Il nous a vus dans son miroir, pas bégueule ni vedette agacée, il a retrouvé son sourire de dérision : Vous venez me consoler ? il a dit. Et puis il est parti de son rire à enchanter les dames, même on a ri avec lui, d'embarras ou comme ça, parce qu'il riait, et puis il s'est tourné en ajoutant : Si j'avais su que vous étiez là, j'aurais demandé qu'on vous applaudisse aussi... Sur la table quelqu'un avait placé un jasmin maigrichon, en pot. Gérard l'a déposé entre les bras morts de Luz et l'a embrassée. Et Luz, vous pouvez pas savoir, fardée comme une grue, toute sa chair inutile ratatinée dans sa robe de gala cousue par Amparo, elle a juste baissé la tête, exaucée, et c'était la plus belle femme du monde. Pas la peine de parler de nos autrefois, rappeler la vieille promesse, Gérard venait de lui en dire l'accomplissement. Alors, vraiment, quoi qu'il arrive, même grabataire, la vie effilochée à la trame, à cet instant j'ai été certain qu'elle serait heureuse jusqu'au bout, qu'elle avait son bagage de vie plus qu'elle n'aurait jamais le temps d'en dépenser, plus que je ne pourrais jamais lui offrir.

De tout le festival 51, et de tous ceux qu'elle a vécus, Luz n'est jamais allée à une autre représentation. En août, je suis remonté à Paris, faire mon métier, et continuer à tâcher de rendre Gérard présent auprès de Luz par mes petites nouvelles du spectacle... Il allait commencer à tourner *Fanfan la Tulipe*...

Les six années qui ont suivi ont été les pires et peut-être les plus heureuses. Croyez-moi, monsieur, elle m'a offert une vraie vie, malgré tout... Je la revois replanter le jasmin, dans le coin du petit cloître. J'avais fait le trou, dépoté la plante et je crois que par la suite elle n'a plus guère marché. Évidemment, je faisais tout mal et elle m'engueulait, grommelait. Elle a tenu à tasser la terre elle-même et cet effort lui a coûté plus que tout. Je la soutenais et elle donnait de minuscules coups de talon avec des gémissements de douleur. Déjà elle ne pesait plus. En outre elle y voyait à peine et sa cécité devenait irréversible. Toutes les pièces jouées par Gérard, il fallait que je les lise à haute voix. Je faisais tous les rôles, comme à notre *Cid* d'autrefois, Lorenzaccio et le duc, Ruy Blas et Richard II, les reines et les princesses. Bien sûr, on n'allait plus au cinéma et je lui racontais les tournages, *Le Rouge et le Noir, Till l'Espiègle*... Ces heures-là, elle m'a aimé, monsieur. J'étais Callimaque, je lisais : "Et par ailleurs, elle me dirait aussi 'Mon amant', mais du profond de son cœur", et elle répétait bas "Mon amant", avec la voix de Lucrèce. Et c'était moi devant elle, moi qui la faisais pleurer et gémir et rire d'amour et oublier sa souffrance le temps d'un acte... Vingt fois je lui ai demandé si elle voulait que je rappelle à Gérard Philipe la nuit de juin 40, si elle voulait me dicter une lettre... Total refus : il avait tenu sa promesse de revenir jouer *Le Cid, basta cosi*, il avait sa carrière à mener, sa femme... Elle était persuadée d'avoir eu la meilleure part... Avant que les choses ne commencent à s'embrouiller dans sa mémoire, j'ai dû jurer de ne jamais parler d'elle à Gérard... Ensuite, la maladie n'a plus pris de gants. Oh, le regard d'Amparo, sa façon de secouer la tête quand je dévalais de Paris, essoufflé d'avoir couru jusqu'à la cellule ! Luz voulait tout de suite du neuf sur Gérard et je prenais sur moi, je commençais ma gazette pour la calmer. Les véritables accès de démence ont succédé à ses simples méchancetés, des comas aussi. Il a fallu l'hospitaliser. Elle est devenue grabataire et ne s'alimentait plus. Elle est morte de faim, monsieur. Une après-midi où j'avais le dos tourné. Une enfant de trente-cinq ans. À partir de ce jour, me sont restés les robes de Luz, que j'ai embrassées chaque soir de ma vie, ses cartes postales, des riens, et le jasmin... Fin 59, j'en ai jeté une fleur sur le cercueil de Gérard Philipe, comme j'avais fait pour Luz... »

On est devant une haute grille. Après il y a une allée de graviers et une maison cossue, avec un bow-window, un perron et une porte à deux battants. Les bornes d'éclairage du parc jaunissent les mûriers et les eucalyptus. La villa des parents de Max Klein. Et c'est comme si je la connaissais de toute éternité. Max a sorti sa clé, on remonte l'allée, lentement. Il est épuisé et tout gris. Il en a fini et j'ai l'impression qu'il me tolère maintenant par politesse, qu'il aimerait que je m'excuse et m'en aille. Et c'est plus possible, je peux pas mettre tout ça, Luz, Amparo, Gérard Philipe, dans ma poche, mon mouchoir par-dessus et adieu, content de vous avoir connu ! Pour la première fois depuis nos débuts de confession, je parle et il en est presque tout ébahi, s'arrête au milieu de l'allée.

« Ainsi vous avez sacrifié votre carrière de comédien... ? Et vécu dans l'ombre de Gérard Philipe à cause de Luz... ? Tous ces petits rôles acceptés rien que...

— Je n'ai rien sacrifié : je n'ai jamais été comédien comme vous l'entendez... Je croyais que vous aviez compris... À Paris, j'ai repris et terminé mes études... J'étais médecin... Vous devinez mon choix de spécialité... Les maladies neurologiques et dégénératives à l'hôpital Lariboisière... Celles qu'on appelle maintenant "maladies orphelines"... Luz souffrait de l'une d'elles...

— Mais alors... Pourquoi ne pas avoir... ? Luz n'a jamais su que vous étiez médecin ?

— Elle aurait refusé de me revoir...

— Vous auriez pu la soigner...

— Il me semble n'avoir rien fait d'autre... J'ai essayé de lui offrir la vie de Chimène...

— Tout ce temps, vous lui avez menti... ?

— Non, monsieur, non... J'ai tenu mon rôle dans le théâtre de Luz, jusqu'au bout... J'ai pioché dans *Cinémonde*, toutes les revues de cinéma, j'ai couru au TNP, partout où jouait Gérard Philipe, j'ai hanté les coulisses, parlé à des figurants, j'ai invité à dîner des débutantes, j'ai forcé la porte des studios, j'ai pris l'avion pour la Suède, le Mexique, partout où il était engagé... Je gagnais largement ma vie, je choisissais mes congrès médicaux près des lieux de tournage. La tante Rosa avec ses parts de production m'a aidé au-delà du possible... Vous avez raison : une ombre, j'ai été l'ombre d'un comédien... Et je ne suis fier que de cette carrière-là...

— Pour une seule spectatrice, qui n'a jamais applaudi...

— Elle y a cru, monsieur, c'est mieux... Aucun regret, sauf un : Luz ne m'a jamais embrassé. Même à son lit de mort, je n'ai pas osé toucher ses lèvres... Gérard, en juin 40, est le seul à les avoir mordues... »

J'en reste comme deux ronds de flan. Cette double vie, dont la plus vraie est la fausse, celle du mensonge... !

« Mais Gérard Philipe, quand même vous l'avez approché... ! Vous pouviez... ! Une allusion à la première du *Cid*, le festival, il aurait retrouvé le souvenir de cette fameuse nuit, je suis sûr qu'il lui aurait écrit, qu'il serait venu la visiter... Et vous ne rompiez pas votre serment à Luz... ! »

Max s'assied sur les marches de son perron. Je fais pareil, jambes sciées, total épaté, certain aussi qu'il va me dire le fin mot, qu'on est arrivés au cœur du monde. Les larges feuilles des mûriers renvoient une lumière citronnée sur nous.

« Vous savez bien que si... Une parole est une parole... Et les choses, au bout du compte, n'étaient pas si simples que je le croyais... Début juillet 58, une fois où je venais prendre soin du jasmin, j'ai entendu sous la galerie du Colloque une voix de femme, grave, aux cent coups. "Pourquoi dis-tu : Adieu l'amour ?" Et quelqu'un répondre, limpide, évident et terrible : "Je ne vous aime pas, Marianne ; c'était Cœlio qui vous aimait...". Cette façon de tenir le sentiment à distance ! J'ai couru... Il était là, Gérard Philipe, un grand oiseau sombre reculant devant une nixe aux cheveux blonds, tenus par un bandeau, des yeux d'odalisque triste, toute tendue vers lui. Geneviève Page. À l'instant j'ai saisi : ils répétaient, au calme, *Les caprices de Marianne...* Et je sais pas, le jour était si simple et ces deux-là si beaux, les mots me sont venus comme à de la famille arrivée trop tard : "Luz est morte l'an dernier." Bien sûr, ils se sont pas tapé le ventre de rigolade. Mais ils étaient tout perplexes, gardaient un demi-sourire poli. Ils ont dû me prendre pour un jobastre. Et puis Gérard s'est froncé le front. Attendez, vous poussiez un fauteuil d'infirme... Il se souvenait de la première du *Cid...* ! Le soulagement, vous pouvez pas savoir... ! Je lui ai tout rappelé, sa nuit à la Chartreuse, en 40, au moment de l'exode, sa promesse, le bonheur de Luz quand il avait tenu sa parole, qu'elle avait suivi sa carrière presque au jour le jour, la maladie de Luz aussi, ses derniers moments. Je les prenais par le bras, ce jasmin, c'est le vôtre, celui que vous lui avez donné dans la loge du palais des Papes, on remontait jusqu'au puits, Luz avait donné un baiser à Gérard, pile à cet endroit, vous vous rappelez ? Je les entraînais à l'ancienne cellule d'Amparo, abandonnée maintenant, sur ce mur, Luz avait dressé un sanctuaire de photos, assise contre ce muret, elle lisait et relisait *Le Cid*... J'ai voulu les mener chez moi, lui montrer, qu'il touche les reliques, les pauvres choses de Luz et puis j'avais une confession... Alors il m'a arrêté, comme ça, juste une main sur mon épaule. En 39 il habitait encore Grasse, chez ses parents. Ils y tenaient un hôtel qu'ils quitteraient seulement en 43 pour Paris... Ce ne pouvait pas être lui... Ce mois de juin 40, il bûchait son bachot de philo... Mon amie Luz s'était méprise... À cause de son état de santé, sûrement, des prénoms identiques, elle avait confondu le souvenir d'un garçon brièvement croisé et les images trompeuses d'un comédien au physique un peu semblable... Mais il était fier qu'elle lui ait accordé, à distance, une amitié si forte... Une amitié ? Luz vous aimait, voilà tout. Sa vie a été emplie de vous et vous l'avez empêchée de mourir, mieux que personne, mieux que les médecins... Elle a vécu de mémoire, par cœur... Il faisait oui, oui de la tête, se fourrait les mains dans les poches, incapable d'une parole. On est restés face à face, le temps d'un clignement de paupières, que Geneviève Page ait un court sanglot. Il a pris sa taille, a fait trois pas avec elle pour s'en aller de la Chartreuse, et pas loin avant la porte, il s'est retourné, est revenu vers moi, et peut-être jamais il n'a eu de réplique aussi douloureuse et douce, la dernière des *Caprices*, à peine retouchée : “Elle ne m'aimait pas, monsieur, c'était vous qu'elle aimait...” Il a cueilli une fleur de jasmin, l'a embrassée et mise à sa boutonnière, comme vous, monsieur, tout à l'heure... Comprenez-vous ce que vous m'avez fait en prenant cette fleur... ? Et il m'a laissé, foudroyé d'amour et détruit. Je crois que Geneviève Page m'a embrassé, ou bien c'est moi, je ne sais plus. Je les ai même pas vus partir. On venait de me voler ma jeunesse. »

Le vieux monsieur a fini. Usé du long voyage et dédouané, lavé. À nouveau, je n'existe plus. Il s'est levé, tire une clé de sa poche, ouvre la porte d'entrée. Presque, si je ne posais pas une dernière question, il m'abandonnerait à ses parvis, avec tout son destin sur le cœur, ses personnages en quête d'auteur et son bazar mélo de dame au jasmin... ! J'en prends quasi une bouffée de colère, à pincer les lèvres et vouloir faire mal.

« Mais l'autre alors... ? Le vrai Gérard de juin 40, il a bien existé... ? M'étonnerait qu'il n'ait pas réapparu... ! Pensez pas que Luz et lui, pendant que vous fabriquiez votre vie imaginaire... ? Au début elle avait encore des moments de validité, et puis des désirs... Luz et la vierge Marie, ça faisait deux ! »

Ça le fait sourire à demi, il a compris mon petit accès de mesquinerie et me fait signe d'entrer aussi.

« Pardon ? Ah... ! Figurez-vous que j'ai eu les mêmes méchantes pensées... »

Et je me bafferais de m'être montré petit.

« Pardonnez-moi... Pas Luz...

— Voyez, monsieur, vous commencez à la connaître aussi bien que moi... Dans les années quatre-vingt Gérard, l'autre, tenait un bar-tabac assez miteux à Dijon... Sa ville natale... Je l'ai retrouvé facilement par les listes du convoi de réfugiés qui s'était arrêté à Villeneuve... Je suis allé le voir... Un demi à son comptoir, c'est lui qui m'a servi... Peut-être j'avais l'intention de lui parler, de demander des vérités vraies, de me tourmenter aussi... Et puis... Il avait pris du poids, de la bajoue, parlait fort, mais toujours ses grandes mains, la dérision du sourire et sa tignasse à la va-comme-je-te-pousse... Pas à se tromper... De le voir si banal, si quotidien, qu'il était devenu rien, surtout pas comédien, c'est bête, j'en étais presque content... Même je me suis laissé aller à deux-trois mots, le temps, la politique, que je le vérifie bien petit, inférieur à ma superbe position de toubib... Je crois, monsieur, que je me vengeais avec beaucoup de mesquinerie, comme vous à l'instant... Ça marchait au-delà de mes espoirs, il s'épanchait, plastronnait, et ses beaux-parents ceci, et son fils, Pierre, cela, et sa femme ex-miss Bourgogne... Derrière la caisse il y avait la photo d'une gamine blonde... Comme ça, pour causer encore dans la fausse sympathie, pousser la confidence de bistrot, j'ai admiré la mignonne. Sa fille... ? Non, celle de Pierre justement, le fils unique. Là, j'ai demandé son prénom... Chimène !

« À l'instant, l'impression de plus respirer, de me vider, j'ai dû serrer mon verre à mort, clac, il s'est brisé et m'a entaillé la paume... Je sais plus ce que j'ai bredouillé en nouant un mouchoir autour de ma main, pas commun, un nom ancien, une tradition familiale, en souvenir d'une parente disparue peut-être... ? Il m'a regardé droit : non, monsieur, il a dit, pour payer une dette de bonheur.

« En sortant je me suis retourné. Il était debout, ses grandes mains à plat sur son zinc, et il pleurait tout bas. »

Quoi dire... ? Max Klein me prend par le coude et on entre. Chez lui, au-dessus de la cheminée du grand salon, on ne peut pas manquer un portrait en pied, une femme très brune, chignon serré, une Callas aux yeux tristes, boutonnée de noir jusqu'au col, les mains abandonnées aux plis de sa robe longue.

« Amparo. Après la mort de Luz je lui ai tout avoué, que j'étais médecin, pas comédien, et que j'aurais pu soigner Luz, et puis je lui ai demandé de m'épouser. Aucun reproche. Elle est venue ici, a fait le tour. Là-haut, elle a poussé la porte de la plus petite chambre. La mienne autrefois. Et elle a dit qu'elle resterait là mais pour le mariage, non. Elle serait ma servante autant que je voudrais d'elle, chaque fois que je viendrais de Paris. Et elle a tenu parole, n'a jamais accepté de manger avant de m'avoir servi et d'avoir assisté à mon repas, debout derrière moi. Jamais non plus, comme Luz, elle n'a accepté d'être prise en photo. Il n'y a eu que ce tableau, parce que le peintre devenu vieux, celui de la Chartreuse, des cartes postales de Luz, lui a demandé de poser. Une seule fois elle m'a reparlé longuement... Vous devinez, n'est-ce-pas... ? Le meurtre de son mari et de la mère de Luz... Le tribunal de mon père s'était trompé : elle y avait pris sa part, joué du couteau... Et, oui, Luz et elle savaient de qui j'étais le fils. Peut-être c'était de ça, de cette grande ombre sur moi, que Luz m'aimait... Gérard Philipe, c'était seulement sa façon de me le dire tout bas... Mais elle était certaine de causer mon malheur, d'être comme sa mère, une traînée... Elle m'a gardé assez près pour m'aimer et assez loin pour pas me détruire... Ces deux, trois mots, Amparo les a dits une fois, une seule, pas voulu répéter et quand j'ai demandé, tout bousculé, la vieille réplique des *Caprices de Marianne*, la voix de Gérard Philipe, encore dans le cœur, si elle, Amparo, m'avait aimé aussi, elle m'a regardé droit et, monsieur, j'aurais dû mourir là, de honte... Le reste des années s'est passé en silence. À quatre-vingts ans elle a senti venir la fin, s'est levée en pleine nuit pour me préparer une dernière fois mon petit déjeuner. Elle n'a pas pu. Il lui restait juste assez de forces pour remonter dans sa chambre. Je l'ai trouvée morte au matin, étendue sur son lit. Elle portait la robe de satin blanc du bal de la Libération. Je l'ai enterrée dans cette tenue de mariée. À côté de Luz... »

On entend battre les cigales. Max Klein ouvre un secrétaire, en sort ses reliques.

« Dites, monsieur, j'ose à peine vous demander... Vous voulez que j'écrive votre histoire... ? C'est ça... ? »

Il acquiesce de la paupière :

« Celle de Luz et d'Amparo, celle de mes parents... Je voulais... Bien sûr j'ai triché, je savais que vous étiez écrivain, je vous ai vu sortir de votre cellule... En cueillant le jasmin vous m'avez offert mon entrée, inespérée... Sinon, j'aurais improvisé... Est-ce que j'ai été bon comédien pour une fois... ? Est-ce que Luz aurait été contente de moi... ? Ça n'a plus aucune importance. Maintenant que je vous ai donné ma petite représentation en entier, que vous m'avez accompagné dans mon pauvre paradis dévasté, oui j'ai vécu, et eux aussi... Maintenant... Et nous vous en remercions... »

Alors là ! Jamais plus peut-être je n'aurais tant le cœur à déborder, envie de pleurer. On est debout dans son salon. Et Max Klein s'est mis à m'applaudir tout bas, de ses grandes mains soignées de médecin. Sacré salaud... ! Et puis ça se fait ainsi, je sais pas comment, on s'embrasse. Comme des gamins émus d'une première amitié de communale, des petits vieux réconciliés au souvenir de la femme aimée ensemble, lui qui a trois fois mon âge et moi qui viens de prendre des siècles.

Après, il caresse les vieilles cartes postales de Luz, l'exemplaire mité du *Cid*, et toutes les coupures de presse sur Gérard Philipe. Et puis il fait deux pas, ouvre d'un geste doux, à ne pas réveiller un enfant endormi, une armoire provençale. Et les robes de Luz sont là, guenilles alignées qu'il tire doucement des cintres, porte sur les sièges, les canapés, comme s'il y installait une demoiselle malade. Ses lèvres bougent et j'entends pas ce qu'il lui raconte de tendresse. Mais il sourit et tremble en rajustant un décolleté décousu, en agrafant un corsage élimé, à lisser une manche au bras d'un fauteuil. Et moi aussi je la vois, Chimène de tous les jours, Luz aux pieds nus, l'éternelle fiancée. Du diable si son corps brun ne revient pas dans ces haillons magnifiques, et ses yeux cobalt et son embrouillis de tignasse noire... ! Et j'aide Max à finir la toilette de cette fille immortelle, qu'elle passe les nuits en paix, désormais.

Avant que je parte, Max me retient un instant, m'embrasse de nouveau et glisse quelque chose dans ma poche de chemise. « Va... »

C'est seulement la grille refermée, Max déjà loin, seul au haut de son perron, que je regarde son cadeau furtif : la vieille brochure au dos cassé, mutilée, le vieux *Cid* !

Oui, Max, oui j'écris ton histoire. Et celle des tiens. Des miens désormais. Parce que tu m'as dit sans rancœurs ni haines le terrible des petites vies de rien, et de leurs théâtres intimes, que les mots sont de la chair, qu'il suffit de les écouter battre, bien au ras des émotions simples, et qu'ainsi tu m'as fait comprendre le métier d'écrire. Parce que avec du vif, sincère, sans fard, sans frime, ta vie dans tes paumes ouvertes, tu m'as dit aussi l'humanité nue. Pas l'idéale, celle des religions et des philosophies, ni la créature politique, mais celle qui a mal aux dents, qui essaie d'aimer à grande douleur et immenses espoirs, malgré son gros nez, malgré la maladie, les préjugés, malgré les gloires savoureuses et les bravos, la ballottée d'histoire, l'oubliée des guerres et des destinées jolies, la minuscule, celle qui trahit et tue, et celle qui a peur, l'innocente et l'héroïque ordinaire, celle qui veut enfermer l'univers dans son poing fermé et ne peut y tenir un papillon. Tu n'es plus, Max, tu as rejoint Luz et Amparo, et Gérard Philipe, quelque part dans le grand néant. Mais je sais désormais le mal délicieux de Chimène des bas-fonds, de Rodrigue des beaux quartiers, et que l'histoire de nous autres, hommes de peu, n'est que le malentendu d'un baiser attendu et jamais réclamé.

DU MÊME AUTEUR

Aux Éditions Joëlle Losfeld/Gallimard :

ET MON MAL EST DÉLICIEUX, 2003 (Folio nº 4266).

EFFROYABLES JARDINS, 2000, 2003 (Folio nº 3982).

AIMER À PEINE, 2002.

LUNDI PERDU, 1997, 2004.

CAKE-WALK, 1993, 2001.

SANCTUS, 1990.

Quelques titres chez d'autres éditeurs :

LA DÉDICACE, Le Verger, 2002.

À L'ENCRE ROUGE, Rivages noir, 2002.

L'ÉTERNITÉ SANS FAUTE, Rivages noir, 2000.

LA BELLE OMBRE, Rivages noir, 1995.

LE BÉLIER NOIR, Rivages noir, 1992.

BILLARDS À L'ÉTAGE, Rivages noir, 1991, 2001.

LES GRAND DUCS, Calmann-Lévy, 1991, 2001.

CADAVRE AU PETIT MATIN, Éditions Syros, 1989.

Photocomposition CMB Graphic
44800 Saint-Herblain

Impression Novoprint
à Barcelone, le 20 septembre 2005
Dépôt légal : septembre 2005

ISBN 2-07-031151-1./Imprimé en Espagne

137654